LETTRE

A DES ÉLECTEURS.

UN

DÉPUTÉ EN ALGÉRIE

PAR

PAUL COTTIN

électeur

PRIX : 50 cent.

PARIS

A. LE CHEVALIER, ÉDITEUR

61, RUE DE RICHELIEU, 61

AIN

BOURG : A. Gromier; BELLEY : Sivan; TREVOUX : Damour;
NANTUA : Arène; PONT-DE-VAUX : Vve Villey

LYON

CHEZ LES PRINCIPAUX LIBRAIRES

1868

AVERTISSEMENT

Au moment même où nous terminions la lettre que nous soumettons aux réflexions de nos compatriotes, le député dont nous proposons le rappel éprouvait une perte regrettable dans ses affections de famille.

Des motifs de réserve et de bienséance dont tout le monde appréciera la valeur, ne nous eussent point permis de publier immédiatement alors les quelques pages qui vont suivre.

Depuis ce jour, le temps a marché; le député, resté en Algérie[1], continue sa mission, les événements politiques se pressent, les travaux de notre assemblée vont reprendre leur cours, et nous croyons devoir poursuivre sans retard la démarche publique dont il s'agit.

1. *C'est par suite d'une erreur que certains journaux ont annoncé ou reproduit la nouvelle du retour à Paris de M. Léopold Le Hon, député de l'Ain, à l'occasion de la mort de M. le comte Joseph Le Hon.*

PRÉFACE

Nous sommes loin de nous dissimuler les résistances que peut rencontrer sur son chemin la simple lettre qu'on va lire.

Aveuglé sur l'importance de ses devoirs civils et politiques, étranger à l'exercice de ses droits, c'est peut-être l'indifférence au cœur et la critique sur les lèvres que notre esprit public accueillera le nouvel effort que nous faisons pour amener le réveil de cette initiative individuelle dont les événements qui se pressent devraient pourtant nous faire comprendre l'indispensable nécessité.

Ces enquêtes successives de notre part, ces appels à l'opinion publique, ces franches appréciations de notre conduite et de celle de nos représentants cadrent mal, il faut le reconnaître, avec l'inertie dont nous faisons preuve d'ordinaire en tout ce qui concerne de semblables sujets.

Une tentative particulière entreprise dans le but de

ramener un député à son devoir et les électeurs au
sentiment et à la pratique de leurs droits ne paraî-
trait que chose naturelle dans un pays de vie libre et
de mœurs publiques. Chez nous, au contraire, elle
ne manquera pas de provoquer des étonnements, de
se heurter à des répugnances.

Et cependant que doivent faire, en pareil cas,
ceux d'entre nous qui pensent, voient, sentent, veu-
lent, en hommes libres ?

Se taire ? Ils ne le doivent, ils ne le peuvent pas !

Ils parleront donc. Et n'est-ce pas, d'ailleurs, ce
que tous, sans exception, nous avons mission d'essayer chaque fois que nous nous trouvons en présence d'un devoir public méconnu et d'un droit qui
souffre ?

Des motifs si légitimes suffiront, et au delà, pour
justifier notre démarche aux yeux de nos compatriotes ; ils s'imposeront même, nous n'en doutons
pas, à ces hommes honorables qui, tout en parta-
geant au fond de l'âme les idées honnêtes qu'on
vient d'émettre et qu'on développera de nouveau
tout à l'heure, seraient tentés néanmoins, par un
reste d'habitude, de reculer devant la mise en pratique ferme et modérée de ces mêmes idées qu'ils ap-
prouvent.

Que si, pourtant, dans le nombre de ceux qui vont
nous lire, il se trouvait çà et là quelque adversaire
isolé, endurci, systématique de ces mœurs publiques,
de ce libre contrôle si conformes au développement de

notre vie communale et départementale, qu'il jette les yeux, avant d'aller plus loin, sur la déclaration suivante. Elle résume toute notre pensée. Elle épargnera peut-être, à lui une lecture inutile, à nous une opposition imméritée :

C'EST COMME CITOYEN QUE NOUS ALLONS PARLER, C'EST A DES CITOYENS QUE NOUS NOUS ADRESSONS, C'EST-A-DIRE A TOUS CEUX DE NOS COMPATRIOTES QUI SENTENT VIVRE EN EUX LA CONSCIENCE DE LEUR RESPONSABILITÉ CIVILE ET POLITIQUE ET LA RÉSOLUTION D'AGIR EN CONSÉQUENCE.

QUE CEUX-LA VEUILLENT BIEN NOUS LIRE ; C'EST POUR EUX SEULS QUE NOUS ÉCRIVONS AUJOURD'HUI ; C'EST EUX QUI SERONT NOS JUGES ; SEULS ILS PEUVENT L'ÊTRE, CAR SEULS ILS CONNAISSENT LA LOI DE PATRIOTISME QUI NOUS DIRIGE, ET NOUS NOUS SOUMETTONS SANS CRAINTE A LEUR DÉCISION.

AUX ÉLECTEURS

DU DÉPARTEMENT DE L'AIN

Messieurs,

Le 16 avril dernier, un journal politique de notre département donnait en quelques mots la nouvelle suivante :

« M. le comte Le Hon, qui a reçu du gouvernement la mission de présider l'enquête sur la situation et les besoins de l'Algérie, est aujourd'hui à Bourg; il doit partir demain pour l'importante mission à laquelle il a été appelé par l'Empereur [1]. »

Un fait si grave, si étrange même, on peut le dire, s'est immédiatement imposé à nos préoccupations.

[1]. *Courrier de l'Ain* du 16 avril.

Obtenir à ce sujet, avec de nouveaux ren-
seignements, une certitude plus complète, nous
parut d'abord nécessaire. Nous pûmes le faire
sans retard, et bientôt nous apprenions de sources certaines, officielles et privées :

1° Que le député en question venait, en effet,
de quitter son poste à l'Assemblée législative
pour aller en Algérie, comme simple délégué
du gouvernement, diriger, à titre de président,
les opérations de la commission d'enquête;

2° Que plus de deux mois (c'est-à-dire, sui-
vant toute probabilité, la fin du mois d'avril, le
mois de mai et le mois de juin) s'écouleraient
entre son départ pour notre colonie et son retour à Paris.

On en conviendra, de semblables nouvelles
avaient certes lieu de nous surprendre, nous et
tous ceux de nos compatriotes qui se préoc-
cupent de la conduite de nos affaires communes.

Eh quoi ! les travaux de notre assemblée
avaient-ils donc pris fin?

Tout au contraire, les projets les plus impor-
tants n'étaient-ils pas à l'étude?

Pour ne parler que des plus essentiels, nos
lois de finances, nos charges, nos emprunts,
nos dépenses n'allaient-ils pas être discutés, sévèrement appréciés, refusés ou votés?

Bien plus, la paix que nous réclamons tous,
la guerre que l'on fera peut-être malgré nous,
n'allaient-elles pas dépendre, dans une large
mesure, de l'attitude plus ou moins ferme et
décidée que sauraient prendre et conserver nos
représentants?

N'était-ce pas à l'énergique persévérance de

leurs déclarations et de leurs votes qu'il appartenait de délivrer la France et peut-être l'Europe des pénibles incertitudes où les tenaient plongées la conduite ambiguë de ceux qui nous gouvernent?

En un mot, la gravité menaçante de notre situation commerciale, financière et politique, ne réclamait-elle pas, de la part de nos représentants, tous les efforts, toutes les présences, toutes les attentions, toutes les assiduités?

Un député, nous le demandons, pouvait-il, en pareil cas, se soustraire de plein gré à l'accomplissement de son mandat?

Pouvait-il, en acceptant de l'administration une mission lointaine, abandonner de pareils intérêts?

Ne voyait-il pas que, en fait, il abdiquait volontairement, et pour une longue période, ses fonctions de représentant de l'Ain?

De tous les hommes honorables qui défendent avec une noble indépendance, dans le sein de notre assemblée, les intérêts de leurs mandataires et de la France, en est-il un seul qui voulût consentir à abandonner en ce moment, sur la simple proposition du gouvernement, son poste, ses fonctions, son mandat, pour aller remplir au loin une mission administrative?

Pourquoi donc cette injure nous était-elle réservée?

Toutes ces réflexions, et bien d'autres encore, se sont présentées à notre esprit. Nous avons attendu, toutefois, deux longues semaines. Des voix plus autorisées que la nôtre auraient pu se faire entendre, et c'est avec bonheur que nous les aurions vues faire. Elles se taisent. Nous ne leur demanderons pas compte de leur réserve,

mais nous nous croyons dès lors, comme citoyen, le devoir de provoquer, en premier
lieu, un jugement de l'opinion publique sur
le fait que nous venons de signaler, en se-
cond lieu une démarche de sa part dans le
but légitime d'apporter à ce fait un remède efficace.

Or c'est là le devoir auquel nous venons
essayer ici de satisfaire avec toute la modéra-
tion, mais avec toute la franchise que le sujet
réclame : d'abord en exposant d'une manière
sommaire les motifs qui semblent exiger une
intervention de notre part, puis en donnant une
forme précise à cette intervention au moyen
d'une lettre directement adressée à notre député, lettre de rappel qui doit devenir collec-
tive et dont nous proposons, en terminant, sinon la forme, au moins le fond, à l'initiative de
nos concitoyens.

Il semble vraiment qu'on ne sache, au premier abord, ce qui doit étonner ici davantage :
Est-ce la naïve audace des pouvoirs administratifs qui osent demander à un député, ou tout
au moins accepter de sa part, l'illégitime abandon de ces fonctions suprêmes de législateur à
lui conférées par le suffrage de ses concitoyens
et par lui librement acceptées?
Est-ce l'aveuglement de ce même député qui
peut-être sollicite, ou tout au moins ne refuse
pas une mission dont la conséquence nécessaire
est cet abandon de ses devoirs envers son pays
et son département?

Est-ce enfin la lâche inertie des populations ? l'incurable indifférence des électeurs ? leur passive indolence et la soumission bien connue et à toute épreuve qui permet à l'État de tout entreprendre, au député de tout oser ?

D'autres pourront hésiter devant ces trois faces d'un même problème ; pour nous, disons-le hardiment, toute question de ce genre est dès longtemps résolue.

Nous cherchons un coupable ? Le coupable, c'est nous !

La seule limite possible pour l'État, c'est l'affirmation du droit individuel. Et quant aux garanties indispensables de la bonne conduite de nos députés, il en est une toute-puissante et qui dépend des électeurs eux-mêmes, c'est, de leur part, une surveillance attentive de tous les actes publics de leurs mandataires et l'énergique volonté de vivre, non pas seulement en hommes honnêtes, mais encore en citoyens.

Le coupable, c'est nous !

Nous qui nous désintéressons de plus en plus de la chose publique ;

Nous qui savons trop bien accorder à nos députés l'oubli de grandes fautes en échange de petits services ;

Nous qui renonçons de fait au contrôle qui nous appartient ;

Nous qui ne savons ce que c'est que des mœurs publiques ;

Nous enfin qui, faisant ainsi bon marché de tous nos droits, laissons à l'ingérence du pouvoir, comme aux abdications de nos représentants, un champ sans limites.

Il faut pourtant modifier un pareil état de choses. La vie publique est nécessaire, parce

qu'elle est l'indispensable condition du libre
exercice de nos droits, qui ne sont eux-mêmes
autre chose que l'accomplissement extérieur de
nos devoirs individuels. Il ne nous est point
permis d'abandoner à d'autres sans la garantie
d'un contrôle de tous les instants le choix des
mesures à prendre pour assurer ce libre accomplissement ; et c'est dans cette participation nécessaire, directe ou indirecte, à la confection
de ses lois et à leur équitable application que
résident ce que nous appelons la vie publique,
les mœurs publiques d'un peuple.

Tous nous rejetons, sans doute, loin de nous
la pensée de créer à un gouvernement que nous
respectons des embarras systématiques ; mais
nous pensons aussi que la sécurité et la dignité
du pays et du département ne pourraient que
gagner à ce que nous prissions dorénavant la
part qui nous revient dans l'administration de
nos intérêts locaux et généraux.

Tous nous comprenons encore la nécessité
de laisser à nos représentants une large indépendance dans l'accomplissement de leur mandat, mais tous nous devons exiger sévèrement
que ce mandat s'accomplisse.

Beaucoup parmi nous restent presque étran-
gers à l'administration de leur commune, à celle
de leur canton, à celle de leur département ; la
plupart ignorent totalement ce que font, ce que
ne font pas les hommes qui les doivent représenter ; ce sont des fautes graves : fautes aux-
quelles les gouvernements ne peuvent remédier
qu'en opérant la concentration dans leurs propres mains, de tous ces pouvoirs administratifs
que nous refusons d'exercer ; fautes qui exposent
nos députés à toutes les défaillances dont une

liberté d'action sans contrôle efficace devient trop aisément la source.

Épargnons à nos gouvernements une charge trop lourde, à nos représentants de si dangereuses tentations : administrés et administrateurs, électeurs et députés, nous y gagnerons tous.

L'expérience des affaires, en même temps qu'elle nous rendra plus tolérants pour les erreurs possibles de ceux qui nous gouvernent, nous montrera, d'autre part, la nécessité absolue d'agir par nous-mêmes et de prendre sur nous cette part d'administration qui ne peut être bien faite que par nous, parce qu'elle dépasse les forces et les lumières d'un seul homme et de ses ministres, quelque dévouées que puissent être leurs intentions.

Cette même expérience nous enseignera également à choisir nous-mêmes nos représentants, à les choisir soigneusement et librement, à les choisir parmi nous, à rejeter bien loin, par conséquent, toute candidature étrangère ou officiellement imposée.

A l'œuvre donc ! usons de tous les moyens légitimes et mettons fin par notre initiative à une situation que nulle conscience honnête ne saurait accepter.

Car il faut bien qu'on le sache, et nous ne cesserons pas de le répéter :

C'est parce que nous avons des devoirs comme hommes, que nous en avons comme citoyens; les seconds dérivent des premiers.

Et, en effet, notre devoir essentiel comme individus, n'est-il pas de nous créer intelligents et libres ?

Or ce développement, pour se faire, a besoin

d'un milieu favorable, d'un état social correspondant.

Sans doute, le développement de la société prend, avant tout, sa source dans celui de son élément premier, l'individu, mais il n'en est pas moins vrai qu'il réagit à son tour sur ce dernier avec une irrésistible puissance.

Il y a là deux forces solidaires dont l'une est la condition du progrès de l'autre et réciproquement.

Pour tout dire en un mot : si l'homme est nécessaire au citoyen, le citoyen est nécessaire à l'homme.

Soyons donc citoyens, et si nous en voulons avoir les avantages, sachons courageusement en assumer les charges.

Telles sont les considérations que nous avions d'abord à faire valoir à l'appui de l'acte de vie publique dont nous proposons l'initiative à nos compatriotes.

Ces considérations suffiront-elles ?

Elles suffiront, nous n'en doutons pas, pour un certain nombre. Nous sommes loin, toutefois, de nous faire illusion : d'aussi graves motifs, des obligations morales si évidentes rencontreront bien encore des indifférents, tellement, de nos jours, les esprits se sont déshabitués d'envisager comme l'accomplissement d'un devoir véritable les actes qui n'ont pas trait d'une manière directe à leur vie privée.

Ceux-là pourtant doivent être convaincus tout aussi bien que les autres, car pour mener à bonne fin la tâche que nous avons entreprise, il n'est pour nous d'autre soutien à espérer que celui que l'opinion publique voudra bien nous donner.

C'est pourquoi passant à un nouvel ordre
d'idées, ordre d'idées éminemment pratiques,
nous jetterons un coup d'œil rapide sur les conditions impérieusement exigées pour le maintien
de notre société française actuelle, et nous n'hé-
siterons pas à dire que la résurrection de notre
vie publique, non-seulement est un devoir
à réaliser, comme nous le montrions tout à
l'heure, mais est devenu, aujourd'hui, en outre,
une nécessité d'existence sociale.

« La démocratie, disait un de nos derniers
« hommes d'État, la démocratie coule à pleins
« bords dans la société française. »

Or qu'est-ce que la démocratie ? La démocratie c'est vous, c'est nous, c'est tous sans exception, prenant une part, directe ou indirecte
mais efficace, au ménagement des affaires publiques, au gouvernement de la société.

Certes, depuis le jour où retentissait la parole que nous venons de citer, l'idée démocratique n'a pas ralenti sa marche.

Au contraire, elle a brisé de plus en plus les
obstacles qui pouvaient l'empêcher de se tra-
duire au grand jour et, en dernier lieu, la re-
connaissance du droit de suffrage universel est
venue lui fournir l'instrument le plus puissant
de sa domination.

Ce sont là des faits accomplis, et qui plus est,
nous le croyons, irrévocablement accomplis ; ce
sont des conditions de vie nouvelles pour notre
société, conditions dont il faut qu'elle s'arrange
si elle veut exister.

Or toute chose, en ce monde, a ses inconvénients, et quels que soient les avantages du suf-

frage universel et du règne toujours croissant
de l'idée démocratique, ils n'en présentent pas
moins cette imperfection que, par une pente
naturelle, ils aboutissent très-facilement : d'a-
bord au gouvernement de la nation par la masse,
c'est-à-dire par la partie d'elle-même la moins
éclairée ; puis aux conséquences qui résultent
trop souvent de là, à savoir l'oppression de la
minorité par la majorité et, en dernière analyse,
le despotisme, lorsque cette minorité préférant
la tyrannie d'un seul à celle d'un grand nombre, se jette dans les bras du premier venu assez
fort pour la délivrer de ses craintes et l'aide de
toute son influence à saisir et à conserver un
pouvoir dont il fait son profit exclusif.

C'est là sans doute un danger, un inconvé-
nient véritable ; mais faut-il, pour cela, repousser, comme voudraient le faire tant d'hommes
honnêtes, et le suffrage universel et la démocratie dont il est l'instrument?

Est-il juste de les faire responsables l'un et
l'autre d'imperfections inhérentes, sans excep-
tions, à toutes les institutions humaines?

Ne serait-il pas plus sage de chercher un
remède à ces défauts, et ce remède une fois
trouvé de l'appliquer avec courage et persévérance ?

N'est-ce pas folie, d'ailleurs, que de vouloir
lutter contre des courants irrésistibles?

Il est à peine nécessaire de répondre à de pa-
reilles questions.

Nous le croyons fermement, tout citoyen
doit marcher aujourd'hui avec franchise dans
le sens des saines idées démocratiques [1] ; tous

1. Ici comme dans les pages qui vont suivre, on se gardera

doivent accepter sans arrière-pensée l'institution
du suffrage universel ; mais à une condition :
c'est qu'ils en usent.

« La meilleure Constitution est celle qu'on a,
« pourvu qu'on s'en serve[1]. »

Ce qui fera disparaître les inconvénients du
suffrage universel c'est l'usage honnête et per-
sévérant qui sera fait de ce même suffrage par
tous les citoyens, c'est l'action de cette initiative individuelle dont nous nous sommes faits
les infatigables provocateurs.

La nature met entre les individus des inégalités de fait (inégalité d'intelligence, de sensibi-
lité, d'énergie, etc.), que jamais législateur ne
saurait effacer ; de là, si chacun veut agir dans
la mesure de sa force, de là, disons-nous, des influences naturelles, librement acceptées, et, dès
lors, parfaitement légitimes, influences qui cor-
rigent par la simple force des choses ce qu'une
loi nécessairement faite pour tous peut avoir de
défectueux.

Une loi qui tenterait de fonder sur cette inégalité naturelle une inégalité dans le droit de
suffrage ne pourrait être qu'arbitraire ; et, à ce
point de vue, l'institution du suffrage universel
est bien plus équitable puisqu'elle laisse un
libre jeu aux diverses natures et à l'action mu-
tuelle des unes sur les autres.

bien de confondre la *démocratie*, qui est cette participation plus
ou moins directe mais légitime de tous au gouvernement de la
société avec la *démagogie* qui est la concentration illégitime de
tous les pouvoirs aux mains d'une seule classe, la plus nom-
breuse.

1. Dannou.

2

S'il y a des supériorités, elles se feront jour d'elles-mêmes sous le régime de la liberté. Nul ne pourra s'en plaindre, ce serait vouloir se révolter contre la nature des choses; mais chacun par son travail peut s'efforcer d'accroître sa propre valeur, de faire disparaître ainsi de plus en plus les inégalités qui le choquent, et tous applaudiront à de pareils efforts.

« L'inévitable inégalité de fait, disait Royer-« Collard défendant l'égalité du droit de vote, « n'est point éludée pour cela, n'est point étouf-« fée : elle ne peut pas l'être : mais elle est réduite « aux influences morales qui l'accompagnent. »

Il faut donc, nous le répétons, pour que le suffrage universel rende les services qu'on peut attendre de lui, il faut que tous, sans exception, en fassent un courageux usage.

« Ceux qui se défient de la démocratie et qui « désespèrent de son avenir sont ceux qui re-« doutent les devoirs nouveaux qu'elle leur « impose, et qui ne se sentent pas la force de se « faire leur place eux-mêmes au grand jour de « la liberté.
« Le suffrage universel n'a donc pas pour ré-« sultat nécessaire la souveraineté absolue du « nombre.... L'intelligence.... la volonté, la « conviction [1], le patriotisme, tous les pouvoirs « moraux ou matériels dont nous avons admis la

---

1. « Un homme qui a une croyance est un pouvoir social égal à quatre-vingt-dix-neuf qui n'en ont pas. » (Stuart Mill.)

« légitime influence se font respecter et recon-
« naître sans le secours d'aucun privilége, et
« l'équilibre des forces naturelles se trouve ré-
« tabli dans la pratique sans que les lois inter-
« viennent pour les répartir à nouveau sur le
« fondement artificiel d'une équité toujours
« boiteuse. C'est en ce sens que le suffrage uni-
« versel.... doit être considéré en définitive
« comme le mode de suffrage le plus équitable
« et le plus naturel. »

« Nous voudrions que la France conserva-
« trice, au lieu de se laisser entraîner avec ré-
« pugnance à la suite de la démocratie victo-
« rieuse, comme une esclave enchaînée au char
« du triomphateur, se mît bravement à la tête
« du progrès libéral. Nous voudrions la voir
« agir au lieu de trembler et de dormir. Quand
« par hasard elle se réveille de la torpeur où
« elle est plongée, c'est pour jeter sur l'avenir
« un regard d'épouvante, c'est pour s'écrier
« que la société est perdue, et qu'il faut oppo-
« ser au fléau de la démocratie cette résistance
« désespérée qui ne sert qu'à retarder les ca-
« tastrophes sans les prévenir. Elle ne voit pas
« que le danger est dans la terreur même qui
« la paralyse et dans la lâche inaction qui l'é-
« tiole[1]. »

En résumé :
L'institution du suffrage universel, comme
toutes les institutions humaines, a ses avantages et ses inconvénients. Si ce suffrage est courageusement pratiqué par tous, s'il est, en un

---

1. E. Duvergier de Hauranne.

mot, vraiment universel, il a tous les avantages immenses que présente la liberté lorsqu'on en use : ordre, progrès, sécurité, dignité, indépen-dance, voilà ce qu'il donne à la nation qui sait s'en rendre digne. Mais s'il est délaissé par les masses conservatrices il devient bientôt, comme l'expérience nous le fait assez voir, d'abord une cause d'anarchie, puis un instrument de despotisme. Or, dans ces deux cas, la société n'existe plus ou, tout au moins, elle marche à sa ruine.

Nous n'insisterons pas plus longtemps sur des considérations qui paraîtront de plus en plus claires à mesure qu'on y réfléchira da-vantage. Par le rapide exposé des différents ordres de motifs qui précèdent, nous croyons avoir atteint suffisamment le but que nous nous proposions, nous croyons avoir suffisamment établi cette double vérité, à savoir : 1º que l'i-nitiative individuelle dans l'ordre des choses publiques et politiques est un devoir véritable pour chacun de nous ; 2º que, aujourd'hui plus particulièrement, en présence du nouvel état de choses qui se produit, cette initiative devient de plus en plus une nécessité pressante d'exis-tence sociale.

Mais s'il en est ainsi, personne pourra-t-il nous contester, à l'avenir, le droit de faire nous-même et celui de provoquer de la part de nos concitoyens tous les actes, même pénibles, dont l'ensemble constitue chez un peuple ce qu'on appelle des *mœurs publiques ?*

Or, c'est un acte de ce genre qu'il s'agit d'accomplir dans la circonstance présente.

Il s'agit, en effet, d'exercer aujourd'hui sur la conduite politique d'un de nos députés ce contrôle qui est pour nous, comme on vient de le montrer, un devoir, un droit, une nécessité.

Il s'agit de rappeler à ce député, avec respect mais sans détour et sans faiblesse, que sa place est, en ce moment, sur les bancs de la Chambre où vont se décider, ainsi que nous le faisions voir en commençant, des intérêts de la plus haute importance.

Nous en avons dit assez pour établir nettement le devoir et le droit des électeurs à cet égard, et nous pourrions dès à présent leur laisser la parole ; qu'on nous permette toutefois de répondre un mot très-court à quelques-unes des principales objections qui vont surgir.

Pourquoi ces critiques? Pourquoi ce rappel? Le député qui est en cause ne sert-il pas son pays là-bas comme il le ferait ici?

Le premier service qu'un homme public doive à son pays, c'est de remplir consciencieusement les fonctions spéciales qui lui ont été confiées.

Que chacun s'acquitte d'abord de ses devoirs particuliers, le superflu viendra plus tard, s'il y a lieu.

Notre député est-il un agent du pouvoir ou bien un représentant du département et de la nation?

Agent d'administration en Algérie et représentant du département de l'Ain lorsque nous

nous trouvons encore en pleine session législative, ce sont là, évidemment, deux ordres de faits incompatibles.

Il faut choisir et se démettre de l'une ou de l'autre fonction.

Que dirons-nous d'un préfet qui, plusieurs mois durant, laissant de côté l'urgente administration de son département, s'en irait siéger comme député sur les bancs de la Chambre?

Que dirons-nous donc d'un député qui abandonne son poste et ses devoirs législatifs pour aller remplir au loin les fonctions d'un administrateur?

C'est le désordre et l'arbitraire : deux choses qui se touchent de plus près qu'on ne le croit d'ordinaire ; deux choses qui s'enfantent l'une l'autre et que nous devons repousser avec une égale énergie ; deux choses que nous ne ferons disparaître qu'en les remplaçant par l'ordre et la liberté.

Mais cet ordre et cette liberté n'ont d'autre base solide que nos propres efforts, notre initiative et notre contrôle. Or, qu'est-ce que la démarche à laquelle nous vous convions aujourd'hui, sinon un de ces actes indispensables d'initiative et de contrôle, sources de tout ordre et de toute vraie liberté?

Pourquoi tant d'insistance pour un fait isolé?
Il n'y a pas de fait isolé. Celui-ci est la conséquence logique de nos abstentions passées, il servira de précédent, si nous n'y prenons garde, à bien d'autres fautes encore.

Nous taire aujourd'hui, c'est une défaillance de plus, une faiblesse ajoutée à nos faiblesses.

Parler, au contraire, c'est un premier réveil

qui peut être suivi de nombreux efforts et prévenir de nouveaux abus.

*Il n'est pas dans nos mœurs, il n'est pas
dans nos habitudes d'agir comme vous le fai-
tes. Ce que vous appelez du nom de vie publique, ces enquêtes, ces personnalités, quelque
respectueuses et modérées qu'elles soient dans
la forme, ces démarches, ces appels, tout cela
répugne à notre délicatesse, trouble nos relations, nuit à l'aménité de nos rapports.*

Nos mœurs ! nos habitudes !

Mais c'est précisément là ce qu'il nous faut
modifier dans le sens de cette vie nouvelle indispensable, et qui ne nous effraye tant que
parce que nous ne l'avons pas encore pratiquée.

Notre délicatesse ! nos relations ! nos rapports !

Avons-nous besoin, oui au non, pour accomplir nos devoirs individuels, du concours
effectif des libertés civiles et politiques ? Et
ces libertés peuvent-elles exister pour d'autres
que pour des citoyens ? Que deviennent alors
ces fausses délicatesses qui voudraient se placer
entre nous et les réclamations de la conscience
universelle ?

*Pourquoi tant d'efforts inutiles pour exciter
autour de vous, tantôt sur un point, tantôt
sur un autre, une force d'initiative qui ne se
réveillera pas ? Qu'espérez-vous ? Que pouvez-
vous contre la résistance toute-puissante d'une
longue inertie ?*

Nous ne saurions perdre ainsi courage. Nous
avons encore foi dans l'avenir social et politique de notre département et de notre pays.
Nous ne croyons pas qu'un effort soit jamais

perdu. Mais, dussions-nous ne pas être témoin des résultats de notre action, il n'importe : nous remplissons un devoir, et cela nous suffit.

Craignez les ennemis que vous pourrez vous faire !

Quel est donc, parmi nous, l'honnête homme qui voudrait se faire l'ennemi de ceux qui s'efforcent de remplir, avec franchise il est vrai, mais sans fiel et sans amertume, leurs devoirs de citoyens?

Redoutez au moins le ridicule des entreprises téméraires !

Les motifs qui nous dirigent nous placent au-dessus d'une objection de ce genre.

Et puis, qu'est-ce que le ridicule sinon le fait, pour un homme, de vouloir paraître ce qu'il n'est pas? Or il doit être assez visible pour tout le monde que ce que nous disons nous le croyons, et que nos efforts sont bien l'expression réelle de convictions déjà profondes et d'une volonté ferme d'être utile à notre pays. Où donc est le ridicule d'une pareille situation? Dût-on nous reprocher de nous constituer juge dans notre propre cause, nous n'hésitons pas à dire que nous la trouvons, nous, éminemment respectable.

Non, non! ces objections ne sauraient trouver nulle part les éléments d'une valeur sérieuse. Celles-là et bien d'autres encore tomberont toujours devant ce seul fait qui résume tout dans la question présente :

Légitime et énergique résolution de notre part et aussi, nous l'espérons, de la part de nos compatriotes, de vivre en hommes libres, de vivre en citoyens.

Et que fait-on donc en ce moment ?

Ce que tout citoyen, ce que tout électeur a devoir et droit de faire :

On informe ;

On met les faits sous les yeux du public ;

On s'efforce de rendre au mandat de député un prestige qui s'efface de jour en jour ;

On répète à qui veut l'entendre ce que perd un département, ce que perd la France à ce que ses délégués, cessant de se considérer comme des mandataires responsables, se contentent de jouer, à l'égard des populations, le rôle trop facile de divinités bienfaisantes ;

On montre, enfin, à ce département que c'est à lui-même, désormais, qu'il appartient de disposer de son propre sort, de choisir ses représentants.

Les électeurs de l'Ain suivront-ils ce conseil ? Tout en remerciant leurs députés des petits services qu'ils en ont pu recevoir, sauront-ils se chercher eux-mêmes, d'ici aux élections prochaines, trois mandataires décidés à faire preuve d'une plus grande intelligence des vrais intérêts de leur pays, et, en même temps, de plus d'indépendance ?

C'est ce que nous ignorons encore ; mais, quoi qu'il en soit de cet avenir prochain, nous avons jusque-là le droit de réclamer de la part de nos représentants actuels l'accomplissement sérieux de leurs obligations ; et c'est un droit de ce genre, messieurs, qu'il nous faut exercer aujourd'hui.

C'est un droit pour nous de rappeler notre député ; c'est un devoir pour lui de revenir.

Le gouvernement français, qui ne manque pas, Dieu merci! d'hommes intelligents empressés à le servir, trouvera facilement le moyen de remplacer en Algérie celui dont nous demandons le retour; et, pour ce dernier personnellement, une réclamation d'un si haut intérêt ne peut être offensante, si, dans sa fermeté, elle demeure calme et respectueuse.

Or, c'est là le double caractère que nous semble présenter la lettre qu'on va lire, lettre qui offre à notre département un moyen naturel et légal de revendiquer son droit, et au député une occasion de prouver son respect pour les volontés légitimes des électeurs, en même temps que sa déférence aux lois et aux institutions du pays.

Agréez, messieurs, l'assurance de notre dévouement.

Paul COTTIN.

Monsieur le Député,

Tout en reconnaissant l'importance des services
que votre présence en Algérie peut rendre à l'agri-
culture et à la situation de notre colonie, nous re-
grettons vivement que vous ayez cru pouvoir accepter de l'État une mission dont l'accomplissement, à
l'époque de l'année où nous nous trouvons, ne peut
évidemment se concilier avec le mandat que vous
avez sollicité et reçu du département de l'Ain.

Vous reconnaîtrez vous-même, monsieur, com-
bien il est indispensable que, en toutes circonstances
et particulièrement dans les circonstances actuelles,
notre département ne reste point, par une absence
longue et volontaire d'un de ses députés, incomplé-
tement représenté dans les délibérations de notre
Assemblée-législative.

Le sentiment que vous avez de vos devoirs publics nous fait espérer que, dans le plus bref délai
possible, vous vous empresserez de venir reprendre

au sein de cette assemblée l'exercice des fonctions qui vous ont été confiées ; et nous ne doutons pas que, sur votre demande, le gouvernement ne consente à vous décharger d'un emploi incompatible avec les intérêts du département que vous avez pris l'engagement de représenter.

Agréez, monsieur le Député, nos salutations respectueuses.

Imprimerie générale de Ch. Lahure, 9, rue de Fleurus, à Paris.

www.ingramcontent.com/pod-product-compliance
Lightning Source LLC
Chambersburg PA
CBHW061621180626
46818CB00005B/2178